16 MAI 1884

VENTE

Pour cause du départ de Madame L. G'

BELLE ARGENTERIE

ANCIENNE ET DE STYLE

Objets d'Art et d'Ameublement

BEAUX BIJOUX

BOITES ANCIENNES

TABLEAUX — TAPISSERIES

Me G. BOULLAND
COMMISSAIRE-PRISEUR
26, rue des Petits-Champs.

M. A. BLOCHE
EXPERT
44, rue Laffitte.

HONO
ADDITVS
NATVRÆ
IMPRIMERIE DE L'ART

CATALOGUE

DE

BELLE ARGENTERIE

ANCIENNE ET DE STYLE

Candélabres — Surtout — Brûle-parfums — Aiguières
Plats — Théières — Légumiers — Écuelles — Gobelets
Salières — Huiliers
Boîtes de toilette — Objets d'étagères en argent
Porcelaines anciennes — Faïences — Ivoires — Verrerie
Bronzes d'ameublement — Pendule en vernis Martin

Violon, signé Stradivarius

MEUBLES ANCIENS

Tapisseries — Tableaux

BIJOUX — DIAMANTS — BOITES LOUIS XVI

Miniatures, Émaux, Éventails, Objets divers

DONT LA VENTE AURA LIEU

Après départ de Mlle L. G***

HOTEL DROUOT, SALLE N° 7

Les Vendredi 16 et Samedi 17 Mai 1884

A 2 HEURES 1/4

M° G. BOULLAND
COMMISSAIRE-PRISEUR
26, rue des Petits-Champs, 26

M. A. BLOCHE
EXPERT
44, rue Laffitte, 44.

EXPOSITION PUBLIQUE : Le Jeudi 15 Mai 1884
DE UNE HEURE ET DEMIE A CINQ HEURES ET DEMIE

CONDITIONS DE LA VENTE

Elle sera faite au comptant.

Les adjudicataires payeront *cinq pour cent* en sus des enchères.

L'exposition mettant le public à même de se rendre compte de l'état des objets, il ne sera admis aucune réclamation une fois l'adjudication prononcée.

Paris. — Imp. de l'Art, J. Rouam, 41, rue de la Victoire.

DÉSIGNATION DES OBJETS

ARGENTERIE

1 — Belle coupe en argent repoussé représentant le royaume de Neptune, de nombreuses figures mythologiques sur des animaux marins, supportée par trois dauphins accouplés posant sur des coquilles. Le pied est décoré de têtes de tritons, de rinceaux feuillagés et de palmes. Une figure d'amour tenant une torche domine la coupe. Style Louis XIII.

2 — Paire de beaux candélabres à trois lumières en argent repoussé et ciselé, avec rinceaux dominés par des chevaux ailés, ornés de cariatides, de sirènes et de sphinx, décorés de paysages, de fruits et de coquilles en bas-relief. Une figurine portant une coupe forme couronnement. Style Louis XIII.

3 — Belle coupe forme conque en coquillage, offrant, en bas-relief, des sujets allégoriques aux légendes des sirènes et des tritons. Le pied en argent repoussé et ciselé représente des masques fantastiques, des dauphins et des coquilles, des groupes de dauphins et des chevaux marins. Style du XVIe siècle.

4 — Grande et belle corbeille ovale en argent repercé, ciselé et gravé, dessin à treillages avec rosaces enguirlandées de lauriers, ornée d'anses forme branchages. Style Louis XVI.

5 — Grand plat oblong en argent à bords festonnés avec écusson gravé.

6 — Plat de même modèle moins grand.

7 — Plat ovale à bords festonnés, en argent.

8 — Deux plats ronds et creux à bords festonnés, en argent. Époque Louis XIV.

9 — Coupe porte-cuillers en argent sur piédouche, forme Louis XV.

10 — Ménagère en argent repercé, dessin à arabes-

ques et enroulements avec trois carafes en cristal taillé.

11 — Grande et belle cafetière tripode en argent, à côtes tournantes avec frises à rocailles. Époque Louis XV.

12 — Grande soupière ovale en argent avec anse forme rocailles.

13 — Petite coupe en argent de forme cintrée et gravée. Style Louis XIV.

14 — Coupe ovale en argent repoussé ornée de deux anses forme chimérique. Époque Louis XIII.

15 — Très beau surtout en argent repoussé et ciselé représentant une élégante corbeille à côtés cintrées, élevée sur des rinceaux et ornée de quatre branches à une lumière, posée sur un plateau à contours avec bordures à moulures, surélevés sur des coquilles. Époque Louis XIV.

16 — Jolie corbeille de forme ovale en argent repercé et ciselé, décor à quadrilles et rosa-

ces, avec guirlandes de fleurs et bordures à rocailles et enroulements. Époque Louis XV.

17 — Jolie corbeille ovale en argent repercé et gravé, décor à treillages enguirlandés de fleurs, bordure à rocailles et enroulements. Style Louis XV.

18 — Jolie aiguière en argent repoussé, panse en partie côtelée, bordure perlée, ornée sur le couvercle d'un bouquet de roses. Époque Empire.

19 — Bassin ou plat à ragoût en argent à bords festonnés. Époque Louis XV.

20 — Paire de flambeaux en argent repoussé à côtes tournantes. Époque Louis XV.

21 — Coffret à bijoux, forme rectangulaire, en argent gravé. Époque Empire.

22 — Joli petit brasero ou brûle-parfums tripode en argent ciselé, décor à guirlandes de laurier avec bordure repercé. Époque Louis XVI.

23 — Joli petit brasero ou brûle-parfums en argent repoussé et ciselé, orné de guirlandes et de rosaces. Époque Louis XVI.

24 — Deux boîtes ovales avec couvercles en argent repoussé et gravé. Époque Louis XIV.

25 — Flacon en argent repoussé, décoré de feuilles d'acanthe. Époque Louis XVI.

26 — Petit gobelet élevé sur pied en argent gravé avec inscription hébraïque. Époque Louis XIV.

27 — Boîte ovale en argent repoussé offrant sur le couvercle un groupe d'amours, allégorie du Printemps, et au pourtour des fleurs. Style Louis XIII.

28 — Boîte à parfums, intérieur à quatre compartiments, en argent.

29 — Cinq brosses avec montures en argent repoussé, décors variés. Époque Louis XIV.

30 — Joli légumier avec couvercle en argent, forme

à côtes tournantes, orné d'anses à rocailles. Époque Louis XV.

31 — Deux charmantes écuelles à anses repercées en vermeil repoussé et finement gravé avec couvercles et plateaux, décor d'après *Bérain* à petits médaillons, à figures mythologiques, fond à ornements.

32 — Très joli service à crème en argent fondu et ciselé, époque Louis XV, composé d'un plateau à contours avec armoirie au centre, et six petits pots forme braseros tripodes à formes sphériques.

33 — Chocolatière en argent, forme à côtes droites.

34 — Joli légumier avec couvercle en argent repoussé, dessin à côtes tournantes. Époque Louis XV.

35 — Deux gobelets élevés sur trois boules en vermeil repoussé, décor à fleurs. Style Louis XIII.

36 — Joli petit vase en ancienne porcelaine de Chine, décor bleu sur blanc, avec monture

en argent repercé et gravé. Époque Louis XIV.

37 — Paire de salières à double fin en argent repoussé à rocailles et enroulements. Époque Louis XV.

38 — Beurrier en argent repercé, de forme ovale, élevé sur quatre pieds. Époque Louis XVI.

39 — Quatre plateaux ronds pour carafes, en argent repercé. Même modèle.

40 — Paire de salières ovales en argent ciselé et repercé, décor à draperies, guirlandes et cariatides de béliers. Époque Louis XVI.

41 — Moutardier en argent de l'époque Louis XVI.

42 — Quatre jolis raviers en argent de formes variées et de décors différents. Époques Louis XV et Louis XVI.

43 — Bol à punch en argent avec bordure à feuilles d'acanthe autour du pied. Époque Empire.

44 — Paire de salières, moutardier et boîte à épices en argent repercé. Époque fin Louis XVI.

45 — Six petites cuillers en argent repoussé, dans un écrin Louis XVI.

46 — Coupe ovale à deux anses en argent repoussé offrant des figures allégoriques de la Justice et de l'Espérance encadrées de rocailles. Époque Louis XIV.

47 — Six timbales en argent gravé offrant des médaillons à paysages et des enroulements. Style Louis XIII.

48 — Huilier en argent repercé et gravé, époque fin Louis XVI, avec carafes en cristal bleu.

49 — Petite saucière en argent.

50 — Onze petites fourchettes en argent avec manches à feuillages.

51 — Cuiller à punch en argent, manche en bois noir.

52 — Gobelet forme moulin en argent gravé et ciselé avec armoirie en relief, masques de chimères tenant des animaux mobiles ; sur l'escalier du moulin on voit des petits per-

sonnages, et sur la toiture un petit pigeon. Style Louis XIV.

53 — Deux gobelets forme ananas en argent repoussé et ciselé. Époque Louis XIII.

54 — Coupe en agate sur pied en argent repoussé et ciselé, représentant des sirènes et des bossages à écailles de poissons. Style du XVIe siècle.

55 — Reliquaire forme tourelle en argent repercé et gravé. Époque Louis XIII.

56 — Gobelet forme moulin en argent avec figurine aux fenêtres et sur les escaliers.

57 — Deux jolis petits tableaux ovales en argent repoussé, décorés de fleurs et de fruits, bords à jour. Époque Louis XVI.

58 — Table mignonnette, forme pliante, en argent gravé.

59 — Boîte en argent fondu et ciselé, offrant dessus et dessous des cartels avec sujets allégoriques à la vie de Jésus. Style Louis XIV.

60 — Nécessaire en argent repoussé, dessin à médaillons encadrés de rocailles avec figures de Vénus au miroir et d'Hébé. Époque Louis XV.

61 — Petit moulin en argent. Style Louis XIII.

62 — Deux petites salières, forme légumiers, avec anses plates en argent. Époque Louis XIV.

63 — Salière tripode en argent ciselé, fond doré. Époque Louis XIV.

64 — Paire de salières, forme coquille, en argent repoussé. Style Louis XIII.

65 — Petite coupe mignonnette, forme coquille, en argent repoussé et doré, supportée par un dauphin. Époque Louis XIII.

66 — Petite théière mignonnette en argent. Époque Louis XIV.

67 — Bonbonnière ovale en argent gravé, décorée de guirlandes, dessus et dessous en nacre sculpté.

68 — Corbeille en argent de l'époque Louis XVI.

69 — Coupe à déguster en argent repoussé et doré, à fleurs et fruits. Époque Louis XIII.

70 — Petite coupe à deux anses en argent repoussé offrant au centre une femme et un enfant. Époque Louis XIII.

71 — Petite bonbonnière en argent repoussé offrant des médaillons à figures et des rocailles. Époque Louis XV.

72 — Petit groupe de trois figurines couronnées, en argent.

73 — Deux salières en argent, forme traîneaux poussés par des figurines.

74 — Petite presse en argent forme mignonnette.

75 — Petite toilette en filigrane d'argent.

76 — Petite chaise en argent.

77 — Six petites boîtes en argent. Styles Louis XV et Louis XVI.

78 — Petit plateau et deux boîtes en argent, forme Louis XIV.

79 — Petit crémier en argent, forme Louis XV.

80 — Petite boîte, forme cygne, en argent.

81 — Deux petits reliquaires en argent.

82 — Deux pelles et une paire de ciseaux en argent.

83 — Petite cafetière et petite théière mignonnettes en porcelaine de Chine, montures argent.

84 — Petit étui en or gravé renfermant un cure-oreille.

85 — Petite brouette et violon en argent.

86 — Petit vidrecome miniature en argent gravé, à trois pieds boules. Époque Louis XIII.

87 — Petit groupe en argent : Jeanne d'Arc à cheval et un page, socle en malachite.

88 — Deux petites cassolettes en argent repoussé et gravé.

89 — Petite coupe à anses en argent et un petit flambeau.

90 — Gobelet en verre gravé, à armoiries, avec pied en argent.

91 — Châtelaine avec toutes ses breloques et accessoires en argent finement ciselé. Époque Louis XVI.

92 — Collier à dix chaînes avec large fermoir en argent et filigrane enrichi de pierreries.

93 — Écritoire en argent repercé. Époque Empire.

94 — Grande pelle à fruits en argent repercé, décor quadrillé et vase enguirlandé, poignée à bordure enrubannée. Époque Louis XVI.

95 — Service à découper avec manches en argent repoussé, décor à rocailles.

96 — Cachet en argent offrant un groupe de paysans conduisant un bœuf.

97 — Trois cuillers de formes variées en argent.

PORCELAINES

98 — Cinq jolies tasses hautes avec soucoupes en vieux Saxe, décor au chinois avec lambrequins fond d'or.

99 — Tasse et soucoupe de Furstenberg, décor à sujets guerriers et bordures à écailles de poissons, fond vert et rehauts d'or.

100 — Bol et soucoupe en vieux Chine, décor à figures, bordure à carrelages, le tout rehaussé d'or.

101 — Deux figurines en ancien blanc de Saxe : Bergère et Joueur de cornemuse.

102 — Petit pot à crème en Saxe, décor à fleurs.

103 — Jolie assiette en vieux Saxe, décor représentant une présentation dans un parc, avec bordure à gerbes de fleurs et figures d'archanges.

104 — Bouteille de Delft, décor polychrome à oiseaux et fleurs.

105 — Porte-bouquet de Delft, décor polychrome à fleurs et oiseaux.

106 — Deux colonnettes de Delft, décor à figures et paysages en bleu.

107 — Figurine de Delft : le Tireur d'épine.

108 — Figurine de Saxe : Chasseresse.

109 — Deux figurines de Saxe : Enfants jouant.

110 — Deux raviers en porcelaine à la Reine, décor à fleurs.

111 — Deux petits pots triangulaires avec couvercles en vieux Vienne, décor à fleurs.

112 — Quatre petits plateaux de Vienne, décor à fleurs.

113 — Grand plateau octogone avec anses à nœuds de rubans, de Saxe, décor à fleurs.

ÉVENTAILS

114 — Éventail en nacre finement sculpté avec feuilles, représentant le camp des Amazones. Style Louis XV.

115 — Éventail à double face en nacre finement sculpté avec figures et ornements rehaussés d'or. Époque Louis XV.

116 — Éventail en nacre sculpté, avec chiffre *L* en roses et feuilles en soie blanche à sujet champêtre.

117 — Éventail tout en nacre gravé et rehaussé d'or, décor à guirlandes de fleurs.

118 — Éventail en écaille sculpté à jour. Travail chinois.

VERRERIE — IVOIRES — OBJETS DIVERS

119 — Deux jolies figurines de mendiants en ivoire, Gueux de Callot, sur socles en bois noir sculpté. Style Louis XIV.

120 — Coquille en nacre gravée à sujets de chasse.

121 — Gobelet avec couvercle en verre de Bohême gravé à paysage, chiffre et couronne.

122 — Verre de Bohême gravé à scènes maritimes.

CUIVRES — BRONZES

123 — Fontaine avec son bassin en cuivre repoussé. Époque Louis XV.

124 — Paire d'appliques à trois lumières en bronze argenté. Style Louis XIV.

125 — Paire de lampes formées de vases en porcelaine de Chine, joli décor fond bleu turquoise à rosaces et arabesques en relief, monture en bronze argenté. Style chinois.

MEUBLES

126 — Grand et beau meuble en noyer sculpté à fronton, s'ouvrant à deux vantaux encadrés

de rocailles et de rinceaux; l'intérieur de la partie supérieure disposée par compartiments à tablettes et à tiroirs; en bas, il s'ouvre à quatre tiroirs et les pans, coupés à consoles, par un secret fournissent encore une série de petits tiroirs. Les poignées et entrées de serrures sont en bronze poli à rocailles et rinceaux. Époque Louis XIV.

127 — Beau bureau de forme cintrée s'ouvrant à dos d'âne, garni de tiroirs dans le bas, et surmonté d'une vitrine garnie de peluche rouge à l'intérieur, orné de poignées et d'entrées de serrures en bronze doré à rocailles. Style Louis XV.

128 — Deux jolies étagères en bois de noyer sculpté et noirci supportées par des consoles à fond de glaces et couronnées de frontons cintrés. Époque Louis XV.

129 — Canapé en étoffe tramée sur fond bleu clair à grands dessins jaunes.

130 — Table de salon forme ovale en bois sculpté, rechampi de blanc et rehaussé d'or, dessus en peluche rouge. Époque Louis XVI.

131 — Belle console à quatre pieds formés d'enroulements et de rocailles ralliés par un groupe de fruits et de feuillages en bois sculpté, rechampi de blanc et rehaussé d'or. Dessus en marbre suivant les contours de la console. Époque Louis XIV.

132 — Six chaises en bois sculpté, rechampi et rehaussé d'or, époque Louis XVI, couvertes en soierie brochée de diverses nuances.

133 — Belle horloge en noyer avec cage forme régulateur, à fronton d'aspect monumental surmonté de figures allégoriques. Le mouvement à cadrans multiples représente en haut une pleine mer mouvementée avec nombreux bateaux, aux angles des figures allégoriques aux quatre saisons. Époque Louis XV. Signée *Jan Scale, à Amsterdam.*

134 — Belle pendule avec socle-console d'applique en vernis Martin fond vert, décor à fleurs, richement ornés de bronzes ciselés et polis. Époque Louis XIV.

135 — Grand et beau paravent à six feuilles, représentant un paysage au bord de la mer

animé de nombreux personnages, de bateaux et de bâtiments. École hollandaise. XVIIIe siècle.

136 — Deux curieux écrans formés de figures d'infante en riche costume du XVIe siècle, tenant l'une un petit chien, l'autre un perroquet. Peinture sur bois du XVIIe siècle.

137 — Deux jolies étagères en peluche rouge garnies de franges bleues et de draperies,

BIJOUX — BOITES — OBJETS DE VITRINE

138 — Beau pendentif tout en brillants, forme à rosaces et coquilles.

139 — Belle broche forme flèche enrubannée en brillants.

140 — Croix en brillants, monture argent.

141 — Porte-bonheur en or poli avec applique émeraude entourée de roses.

142 — Broche forme branche de lis et feuillages.

143 — Bague saphir entouré de roses.

144 — Deux pendeloques composées de grosses turquoises entourées de roses.

145 — Grand bracelet en or mat avec émail peint en grisaille sur fond rouge, monture enrichie de roses.

146 — Broche et boucles d'oreilles même modèle.

147 — Paire de pendants d'oreilles en or émaillé noir enrichis de roses.

148 — Bague en or avec émeraude cabochon et sertissures en roses.

149 — Paire de pendants d'oreilles en corail rose entouré de roses.

150 — Paire de belles boucles d'oreilles forme feuilles de géranium en brillants et roses.

151 — Bague camée entouré de demi-perles.

152 — Paire de pendants d'oreilles en or avec turquoises taillées et perles.

153 — Montures de deux pendants d'oreilles enrichies de brillants et de roses.

154 — Paire de boucles d'oreilles émeraudes et roses.

155 — Paire de pendants d'oreilles perles fausses, monture or.

156 — Nécessaire de dame en or, écrin en ivoire.

157 — Belle boîte de forme ovale en or émaillé gros bleu, avec monture à cage en or de couleur et finement ciselée. Époque Louis XVI.

158 — Belle boîte à musique avec montre et oiseau chantant en or émaillé gros bleu; bordure plus claire avec fleurs réservées. Sur le couvercle s'ouvrant à ressort, un médaillon à fleurs, et sur le devant une petite montre miniature enrichie d'entourage de demi-perles.

159 — Boîte ovale en or guilloché, bordure ciselée. Époque Louis XVI.

160 — Bague en or enrichie de neuf brillants.

161 — Montre en or émaillé, sujet en grisaille sur fond bleu avec entourage de demi-perles; mouvement de Bréguet. Époque Louis XVI.

162 — Petit gobelet en argent repoussé et doré, décor à fleurs. Époque Louis XIII.

163 — Plaque en argent repoussé et repercé aux armes de Castille et de Léon. Époque Louis XIII.

164 — Coupe en argent repoussé, décor à guirlandes et rinceaux. Époque Louis XVI.

165 — Joli reliquaire en argent forme tourelle, travail filigrané. Époque Louis XIII.

OBJETS D'AMEUBLEMENT & DIVERS

PROVENANT DE LA VILLA

166 — Trois tapisseries dites verdures.

167 — Grande commode, époque Louis XV, ornée de cuivre.

168 — Fauteuil Louis XV en bois doré.

169 — Grand fauteuil et deux chaises couverts en tapisserie au petit point Louis XIII.

170 — Porte-gravures en bois noir.

171 — Coffre en bois sculpté du XVIe siècle.

172 — Groupe en porcelaine: scène de famille.

173 — Groupe en porcelaine: scène d'intérieur.

174 — Tête-à-tête en porcelaine de Saxe, décor à volatiles.

175 — Beau service en porcelaine de Saxe, décor à médaillon marine et à rinceaux à rehauts d'or.

176 — Violon signé *Antonius Stradivarius*, *année 1712*.

177 — Garniture de cheminée en bronze ciselé et doré, modèle à groupe d'enfants et rocailles. Style Louis XV. (Sortant des ateliers de la maison Denière.)

178 — Paire de candélabres en bronze, même modèle (de la maison Denière).

179 — Paire de grands chenets en bronze, partie dorée, modèle à enfants sur des rocailles (de la maison Denière).

180 — Quatre grandes appliques en bronze doré (de la maison Denière).

TABLEAUX

181 — HOLBEIN. Beau portrait de gentilhomme à barbe blonde tenant des gants à la main, coiffé d'une toque noire. Avec armoirie et inscription.

182 — BAILLY. Portrait de dame tenant un éventail à la main.

183-184 — DE CALIX. Vase de fleurs. Deux pendants.

185 — VAN DYCK (d'après). Sujet mythologique avec gravure annexée.

MINIATURES — ÉMAUX

186 — Jolie miniature : portrait d'un amiral en armure. Époque Louis XIV.

187 — Miniature rectangulaire : portrait d'un maréchal de camp. Époque Louis XIV.

188 — Deux miniatures : portraits d'archiduc et d'archiduchesse d'Autriche.

189 — Miniature ovale : portrait de la reine Marie-Antoinette.

190 — Deux petites miniatures : portraits de femmes. Époques Louis XV et Louis XVI.

191 — Petit émail peint : portrait d'homme. Louis XIV.

192 — Petit émail peint : portrait présumé de Marie-Antoinette.

193 — Petite miniature ovale : portrait d'un gentilhomme. Époque Louis XVI.

194 — Émail peint : portrait d'officier autrichien.

195 — Petite miniature ronde : portrait d'impératrice.

196 — Miniature ovale : portrait d'un gentilhomme de la cour d'Autriche.

197 — Miniature ovale : portrait présumé de Marie-Antoinette.

198 — Petite miniature ovale : portrait de gentilhomme. Louis XVI.

199 — Petite miniature ovale : portrait d'homme du temps de Louis XV.

200 — Émail peint : portrait de Léopold, frère de Marie-Antoinette.

201 — Miniature : buste d'homme en grisaille.

202 — Grande miniature : portrait d'enfant en pied.

203 — Grande miniature représentant une famille royale dans la salle du Trône. Importante composition de nombreuses figures.

204 — Deux gravures en couleur : le concert des Trois Grâces; l'Amour fait l'offrande de son cœur à Vénus.

205 — Miniature représentant saint Georges et le dragon, encadrée de compositions raphaé-

lesques; peinture à rehauts d'or sur vélin. Signé : *Paulo Brame fecit.*

206 — Deux dessins : sujets romains.

207 — Tableaux et objets non catalogués.

www.ingramcontent.com/pod-product-compliance
Ingram Content Group UK Ltd.
Pitfield, Milton Keynes, MK11 3LW, UK
UKHW022005260726
13994UKWH00004B/1953

9 782329 451299